DISNEP·PIXAR

1/2的魔法
ONWARD

新雅文化事業有限公司
www.sunya.com.hk

很久以前，這個世界充滿神奇的事物，還有無與倫比的——魔法！

巫師用魔法來做所有事情，小至以魔法光球照亮房間，大至與兇猛的巨龍搏鬥，都依賴魔法。

魔法學起來不容易，最終，便利的科技取代了魔法。按一下開關，房間就有光，比施展魔法簡單多了。

　　魔法已經過時了。伊仁·拉夫是一個害羞的少年精靈，他整天想着的是怎樣結交朋友和適應學校的生活，從沒想過要踏上精彩的冒險旅程。

　　今天是伊仁的十六歲生日。早上一下樓，他的寵物巴士便熱情地撲向他。巴士每次見到伊仁，都十分興奮。

伊仁走進廚房，正準備移開桌上的遊戲，哥哥巴利突然拉住他，用手臂夾住他的頭。

　　「我的弟弟居然膽敢打斷一個進行中的戰役？」巴利故作嚴厲地說。他每天都花很多時間玩《往昔任務》，那是一個根據真實魔法所設計的遊戲。巴利跟伊仁很不同，他對於過去的事物非常着迷。

　　玩鬧過後，伊仁想專心地吃早餐，但媽媽露露卻不停地問他問題，她的男友警官喬保哥也在這個時候上門拜訪。

　　忽然，巴利不小心勾破了伊仁最喜歡的衞衣！這件衣服是爸爸偉登的，在伊仁出生前，他的爸爸便去世了。

　　伊仁沒有換衣服便出門上學了。途中，伊仁巧遇一個認得這件衞衣的人——他爸爸大學時代的朋友。在他的回憶中，偉登一向很勇敢，令人印象深刻。

　　伊仁決定要像爸爸一樣勇敢。從這天踏進學校開始，他要勇於表達意見，要上駕駛課，還要邀請同學參加他的生日派對。

　　可是，一天下來沒有一件事順利——

　　首先，有個同學不肯把擱在伊仁椅子上的臭腳挪開。

　　然後，伊仁在練習路面駕駛時嚇得發抖。

還有，伊仁邀請同學去生日派對時，巴利開着那輛破舊的小貨車妮妮公主來到學校接他。巴利為慶祝伊仁的生日，穿上了古代戰士的服裝。伊仁覺得很丟臉，於是告訴同學派對取消，便上了車和哥哥一起回家。

　　伊仁回到房間，覺得自己是個失敗者，永遠都不會有勇氣和信心。他悶悶不樂地按下錄音機，開始聽爸爸的聲音。

　　他喜歡在爸爸的每一句話之間說話，彷彿二人正在對話。伊仁非常渴望真的能跟爸爸說說話。

一會兒後，露露坐在伊仁身邊，看着他縫補衞衣。她知道伊仁因為無法認識爸爸而情緒低落。為了使他振作起來，露露給了他一個驚喜：原來伊仁和巴利的爸爸留下了一件特別的禮物，必須等到他們兩兄弟都滿十六歲才能打開。

起死回生咒語

　　伊仁和巴利把禮物拆開，不禁嚇了一跳——那是一根真的魔法權杖！旁邊還有一顆稀有的鳳凰寶石和能讓爸爸復活一天的起死回生咒語。

　　巴利唸出咒語：「賜予重生，僅此一次。重返人間一日，直到日落為止。」

　　可是，一點動靜也沒有。巴利試了又試，還是沒用，他沮喪地走出房間。他們都很失望，但最失望的是伊仁。

伊仁一個人在房間大聲唸咒語。突然之間，鳳凰寶石發光了。伊仁趕緊握着魔法權杖，然後權杖射出了一道光！
爸爸逐漸現身。這時巴利走進來，看見伊仁能夠施展魔法，興奮得不得了！

　　伊仁拼命地想穩住魔法權杖，巴利試圖幫忙，卻打斷
了魔法，鳳凰寶石突然爆炸，把兩兄弟彈飛到地上！他們
以為魔法失敗了，直到聽見衣櫥裏有東西沙沙作響……

　　是爸爸——但只有下半身！爸爸的兩條腿站了起來，
晃來晃去的，他似乎感到很困惑。但巴利在爸爸的鞋子上
敲打節奏，就像小時候那樣，爸爸也踏着腳回應！然後，
爸爸把腳放在伊仁的腳上，他知道了兩個兒子都在身邊。

為了讓爸爸的上半身也出現，他們必須找到另一顆鳳凰寶石，並在日落前再次使用起死回生咒語。但首先，他們需要一張地圖。

「我們必須從所有任務的起點開始，」巴利說，「那就是人面獅酒館！」

伊仁心裏有很多疑問，但不管怎樣他都願意一試。拉夫家三父子全都擠進了妮妮公主的車廂內，開着它揚長而去。在路上，伊仁用舊衣服為爸爸做了上半身。

露露提着伊仁的生日蛋糕回到家，發現伊仁的睡房一片凌亂，立即察覺到情況不對勁。她在書桌上，看見巴利那兩張鳳凰石和人面獅酒館的遊戲卡牌，便知道他們的去向。她馬上跑向她的車。

　　這時候，伊仁正在練習魔法。他嘗試使用懸浮咒語，卻一點作用也沒有。

　　巴利叫他唸咒時喊出心中那團火，「你必須由心而發，毫無保留，真心誠意地唸出來。」但伊仁還是未能成功。

　　不久後，兩兄弟到達那家詭異的酒館。巴利要伊仁跟着他，因為人面獅是一位一千歲的傳奇戰士，必須予以應有的敬意。

　　酒館昔日坐滿了尋找刺激的探險家，令人意想不到的是如今卻變成一間家庭餐廳，以吉祥物、生日派對和卡拉OK招攬生意。而人面獅（大家現在都叫她「細細粒」）也不再是一頭令人畏懼的猛獸。

　　巴利向細細粒下跪，請她把記載鳳凰寶石的地圖給他
們。不過，細細粒只給了他們一張改編自那張地圖的兒童
餐牌，卻不肯交出真正的地圖。因為冒險是危險的，一旦
有人受傷，她可能會失去她的酒館。

你必需承擔風險，才能有精彩的冒險。
——人面獅

　　伊仁決定要勇敢起來。他指着牆上的畫像說：「你說你不能承擔失去這地方的風險？瞧瞧那個人面獅，她看起來是為冒險而活的！」

　　「誰說必須承擔風險才能有精彩的冒險？」細細粒問。

　　「很明顯，是你說的。」伊仁瞄了一瞄畫像上方的牌匾。

　　細細粒發現伊仁是對的。「我以前是危險和狂野的！」
她大叫：「現在的我活在假象中，到底我變成什麼了？」
　　霎時間，細細粒變回了兇猛的人面獅。她把酒館吉祥
物的海棉頭撕出來，然後開始噴火。
　　「全部人都給我出去！」她大吼。

所有顧客都跑向出口。伊仁試圖抓住地圖，但它還是落入火中燒毀了。

突然有一根燃燒着的木樑斷成了兩段，朝着爸爸墜落！

伊仁舉起魔法權杖大叫：「上上升！」

這次，懸浮魔法奏效了！火柱在爸爸的頭頂上盤旋。巴利趕緊把爸爸拉到安全的地方，然後三人向着小貨車奔去。

巴利在兒童餐牌上，找到一個指向烏鴉尖的線索。他提議沿着冒險大道走，那是一條古老的道路。

　　「但高速公路比較快。」伊仁說。他已列出所有他想和爸爸一起做的事，如果不抓緊時間，恐怕一件事也做不了！巴利勉強同意，二人便向着高速公路進發。

　　這個時候，露露來到了燃燒着的酒館，恰好聽見人面獅跟警察提到兩名少年精靈。人面獅告訴露露，那兩個男孩已離開，去尋找鳳凰寶石了。但她接着想到一件重要的事情：她忘了告訴他們關於鳳凰寶石的詛咒！露露知道後馬上把人面獅推進她的車內。

　　「說吧，該怎樣做才能幫助我那兩個孩子？」露露問，一邊飛快地把車開離停車場。

　　「不錯，我很欣賞你的作風！」人面獅說。

沒多久，妮妮公主沒汽油了，劈啪劈啪的響了幾聲便停了下來。更糟糕的是，巴利的汽油桶幾乎是空的，附近也沒有油站。

　　巴利提議使用放大咒語。「我們把汽油桶變大，裏面的汽油就會跟着變多！」

　　施展魔法時，必須非常專注。伊仁舉起魔法權杖唸咒語：「放大，長長長！」汽油桶開始變大了！但伊仁一分心，魔法便產生了反效果。結果巴利變小了！

這個魔咒只需要過一會兒就會失效，但不能再浪費時間了，他們決定走路去最近的油站。到達後，兇悍的小妖精電單車隊一窩蜂地湧進油站。車隊的隊長露珠指責伊仁的爸爸目不轉睛地看着她，伊仁連忙帶爸爸離開。

　　另一方面，人面獅正指着手臂上的刺青，跟露露解釋鳳凰寶石的詛咒。「那是守護咒。如果你的兒子取走寶石，魔咒就會化成一頭怪獸。」只有她的魔劍——破咒劍，才能夠打敗它。不過，她多年前已把劍賣掉了。

　　「但不用擔心，」人面獅說，「我知道在哪裏可以找到它。」

　　伊仁剛把汽油桶加滿，便聽見露珠和巴利在吵架。伊
仁馬上跟小妖精們道歉，然後拉走變小了的哥哥。接着，爸
爸不小心撞在一排電單車上，電單車一輛接一輛地倒下來！

　　小妖精們極為憤怒，伊仁、巴利和爸爸馬上向着他們
的小貨車狂奔。

　　然後，兩兄弟有一個新的難題：巴利變得太小了，無法開車！伊仁沒有選擇，只好硬着頭皮開車，前往高速公路的入口。他很怕切入車流。

　　「別猶豫了！」巴利大叫，「切入！」

　　在巴利的幫忙下，伊仁順利地上了高速公路。但小妖精們追上來了！伊仁打着信號燈，準備切線，這時候，小妖精們拋出鐵鍊套住了他的手臂。幸好快到公路出口時，伊仁突然轉彎越過幾條行車線，擺脫了那些小妖精！

然而，他們沒走多遠就被警察攔下。接着，爸爸跌跌撞撞地從車裏走出來！這時巴利已恢復原形，他和伊仁想到一個辦法。

伊仁施展偽裝咒語，把自己和巴利變成警官喬保哥。但這個魔咒有個條件：如果伊仁說謊，偽裝的其中一部分便會失效。

計劃進行得很順利，直到有個警員說巴利是個沒用的傢伙。伊仁表示不同意，部分偽裝便立刻消失了。

父子三人離開後，安靜地把車開到一個休息站。伊仁嘗試為自己辯解，說他不認為巴利沒用。但巴利知道伊仁在說謊，魔法讓他看見了真相。

　　「我不知道這一切是怎麼回事！」伊仁激動地說，「我只知道，今晚我們所做的每件事都出錯！」

　　「事情出錯是因為你不肯聽我的！」巴利回答。

　　突然，爸爸隨着妮妮公主震耳的音樂節奏開始跳舞。兩兄弟受到爸爸的影響，也跳起舞來。

　　放鬆下來後，巴利說他只希望有機會證明自己的能力。他提議改為沿冒險大道前進，伊仁同意了，於是兩人前往冒險大道！

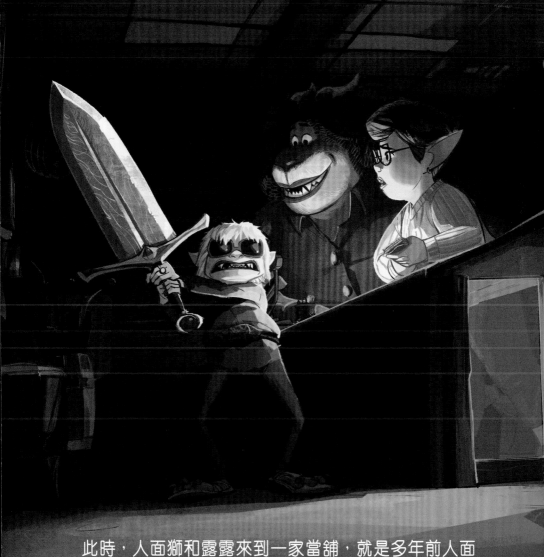

此時，人面獅和露露來到一家當舖，就是多年前人面獅賣劍的地方。

人面獅對破咒劍吹捧了一番：「這把劍由最稀有的金屬所鑄，全世界獨一無二。」

貪心的店主格克林聽見這把劍的價值，馬上把價錢抬高到一個她們根本無法支付的數目。情急之下，人面獅用她的蠍尾去叮格克林！格克林倒在地上，人面獅連忙向他保證傷口很快便會消腫。露露匆匆把錢放在櫃檯上，便和人面獅帶着劍逃跑了。

　　巴利整晚沿着冒險大道開車，最後停在一個無底深淵的邊緣。「任何人掉進去，就會永遠不停地往下掉，不會到底。」巴利說。

　　那裏有一條吊橋，但放下吊橋的機關在無底深淵的另一邊。

　　為了到達無底深淵的對面放下吊橋，伊仁不得不使用
信任之橋咒，製造一道隱形橋。伊仁必須相信橋的存在，
魔法才會支撐他。巴利在他身上綁了一條繩子，以防萬一。
　　伊仁越過無底深淵時，繩子突然鬆開！但他已學會相
信魔法，所以順利地到達了另一邊。

伊仁把吊橋放下，讓巴利開車過去。眼前有一座烏鴉的雕像，巴利發現原來那個線索不是指引他們去烏鴉尖，而是前往烏鴉尖喙朝向的地方。從雕像的方向看過去，他們看見遠方有另一座烏鴉雕像。

伊仁對巴利刮目相看。他想，也許哥哥一直是對的。

就在這個時候，警笛嗚嗚地響，喬保哥把警車停到一邊。原來他追蹤這兩兄弟，來到了冒險大道。「我不許你們惹媽媽生氣！快上車，我現在送你們回家。」

伊仁卻和巴利跳上妮妮公主，踩着油門飛奔而去！

伊仁駕着車在曲折的山路上奔馳，後面有越來越多警車窮追不捨。突然，他開到了一條死路，巴利叫伊仁施展神秘閃電劈開大石，把路堵住，阻截警車追來，但那是難度最高的魔法。

　　「火焰雷擊！」伊仁大叫，但魔法沒有生效。

　　就在他們快要被警察包圍時，巴利做出了一個艱難的決定。他把小貨車對準岩石，再將一塊石頭放在油門上。妮妮公主向前衝到半空，然後撞在岩石上，造成山崩，把路給堵住了。

伊仁無法相信巴利竟會做出這樣的犧牲。

「一輛破舊的車而已。」巴利說，「快，我們該走了。」

這兩名冒險家跟着一座又一座的烏鴉雕像走。在最後一座雕像上，伊仁找到一塊刻了符號的小石頭。

巴利感到很興奮，指着附近的一條河說：「我們走到河水的盡頭，一定會找到鳳凰寶石！」

這時候，露露和人面獅駕着車追蹤兩個男孩，忽然，有個小妖精撞在他們的擋風玻璃上！露露一個急轉彎，車子便掉進溝裏去，幸好沒有人受傷。可是車子已經撞毀了，現在怎麼去找兩個兒子呢？

露露看着小妖精們飛走，靈機一動，轉身對人面獅說：「一會兒動一動你的翅膀好嗎？」

伊仁、巴利和爸爸跟着河水來到一個山洞。伊仁用魔法把巴利的芝士脆條變成了小船，三人順流而下。沿途，伊仁不斷練習魔法。他現在有更多的信心，相信自己能夠再次施展起死回生咒語，讓他最終見到爸爸。

途中，巴利告訴他一個傷心
的回憶，就是爸爸還在醫院的時
候，巴利因為太過膽小，而沒有
跟爸爸道別。

巴利歎了一口氣，說：「從
那個時候開始，我立志以後不再
那麼膽小。」

河流的盡頭是最終秘道的入口。巴利說鳳凰寶石就在另一邊，但這條路必定十分危險。

兩兄弟緊握着盾牌，讓爸爸走在他們中間，一起衝過隧道，隨即有箭從四方八面射向他們！

他們有驚無險地穿過箭陣，走進一個密室。突然，有大量的水湧入！在最後關頭，兩兄弟帶着爸爸在水底找到一個星形的瓷磚，這個機關打開了頭頂上的門。

「鳳凰寶石就在門外等待着我們！」巴利興奮地呼叫。「我們可以出去了嗎？」

伊仁大笑。「當然！爸爸，我們終於完成任務了！我們成功了！」

他們穿過那道門，看見了頭上的陽光……

不過，他們很快便發現，自己竟然回到了最初出發的地方——新蘑菇鎮！

「不，怎會這樣？」巴利驚呼，「鳳凰寶石肯定在這裏。我是跟着直覺走的。」

伊仁崩潰了。時間快到，他再也沒機會跟爸爸見面了。「你總是一副很清楚自己在做什麼的樣子，但其實你什麼都不知道！」他對着巴利喊叫，「那是因為……你是個沒用的傢伙！」

伊仁丟下巴利，逕自和爸爸走進公園裏。

太陽快要下山，伊仁和爸爸並肩坐在懸崖上。伊仁取出一張清單，上面都是他想和爸爸一起做的事情。他正準備把它們逐一刪掉時，不覺恍然大悟：這些事情他全都做過——不是和爸爸，而是和巴利！

　　他回想，在過去的日子中，哥哥總是鼓勵他、陪他玩、幫助他成為更好的人……一直以來都是巴利守護着伊仁，是時候輪到伊仁為哥哥做些事情了。

　　與此同時，巴利拼命地尋找其他線索。然後他發現他
們從烏鴉雕像取下的小石頭，正好可以完美地嵌入城鎮廣
場的噴泉內。鳳凰寶石出現了！
　　伊仁回去找巴利，但一團黑氣突然從噴泉冒出。

是鳳凰寶石的詛咒！

黑氣摧毀了中學，然後利用建築物的碎片，形成了一隻巨龍。

人面獅及時趕到，揮着破咒劍從天而降，而露露就騎在她的背上！

露露和人面獅力戰巨龍，伊仁則施展起死回生魔法，但巨龍立刻把注意力轉向鳳凰寶石。巴利想要引開它。

　　「不，」伊仁說，「你去跟爸爸說再見。我一直有人照顧和督促，幫助我超越自己所能想像的極限。雖然我沒有爸爸……但我一直有你！」

　　伊仁把他在旅途中所學的魔法逐一施展出來，使巨龍不能逼近。最後，他用神秘閃電打掉巨龍堅硬的外層。

　　露露把破咒劍拋給他，然後伊仁用魔法把劍插進詛咒的中心。巨龍轟的一聲爆炸了！

　　中學的瓦礫四處散落，伊仁被困在一堆瓦礫底下。突然，一道光芒亮起來，伊仁從縫隙中看見爸爸已完整地顯現，站在巴利面前。

　　伊仁望着巴利和爸爸有說有笑，眼睛不禁充滿了淚水。太陽逐漸沉沒到地平線之下，爸爸擁抱巴利一下，然後消失在兒子的兩臂中。

巴利好不容易找到伊仁，把他從瓦礫中拉出來。他告訴弟弟，爸爸說能夠有伊仁這樣的兒子，他感到很驕傲。

　　伊仁開心地笑了。他說：「說真的，多虧有你！」

　　「爸爸也是這麼認為的。」巴利說，「啊，還有，他要我給你這個……」

　　巴利給了弟弟一個大大的擁抱。

　　過了不久，伊仁和巴利的生活有了很多變化。伊仁用
魔法重建了他們那被詛咒摧毀的學校，也結交了很多新朋
友。他還用魔法給巴利的新車妮妮公主二號漆上了獨一無
二的圖案呢！

　　巴利想要開着它從廢墟小徑到公園去兜風。

　　「太明顯了！」伊仁說，「在冒險中，顯而易見的路，
絕對不會是正確的路。」然後，妮妮公主二號從地面升起，
飛了起來！

　　這次冒險改變了拉夫家族，每個人都發現了自己過去不知道的潛能。雖然爸爸只是回來片刻，但這個經歷使他們全家更加親密和團結。

　　但有一件事始終不變：他們永遠都會互相支持，一起面對所有難關！